# 到底會出現在哪一頁呢？



☆因為還沒有確認清楚，所以，
現在還沒辦法向大家說明，
只能先公佈以下三個提示：

①聽說會出現在兩個地方。
②有螺旋梯的那一頁。
③故事結束的時候。

請各位讀者趕快根據
以上這些提示，
找到那一頁吧！

◎給已經找到佐羅力媽媽幽靈出現那一頁的讀者

有時候，佐羅力媽媽出現時不太明顯。
這時，把書放在日光燈等光線下
照射一分鐘，然後，把燈關掉，
讓房間變得黑漆漆再試試看，
怎麼樣？有效吧！

## 那麼，大家現在就快去親眼證實一下吧!!

## 佐羅力媽媽的話

我會出現在這裡，
並不是想嚇你們，
而是我真的很擔心佐羅力，
所以看到我的時候，請不用害怕，
儘管放心吧。

既然你們是佐羅力的粉絲，
在我眼裡，你們都像是我可愛的兒女。
如果你們遇到不開心的事，
或是內心有什麼煩惱時，
睡覺的時候，
把書翻到有我出現的那一頁，
我會溫柔的保護你們不做惡夢呵！

本大爺是佐羅力，調皮搗蛋我最行，總有一天，我一定會建造一座佐羅力城，漂亮的城堡、白色的城堡，趕快建城堡吧！
嘿吼嘿吼嘿嘿吼！

佐羅力三人哼唱著歡快的饒舌歌曲，出現在山路上。

天氣晴朗的日子，讓人心情特別好，身心都舒暢。

他們邁著輕快的腳步沿著蜿蜒的山路，準備前往下一座山。

就在這時，

三個人的面前

出現了——

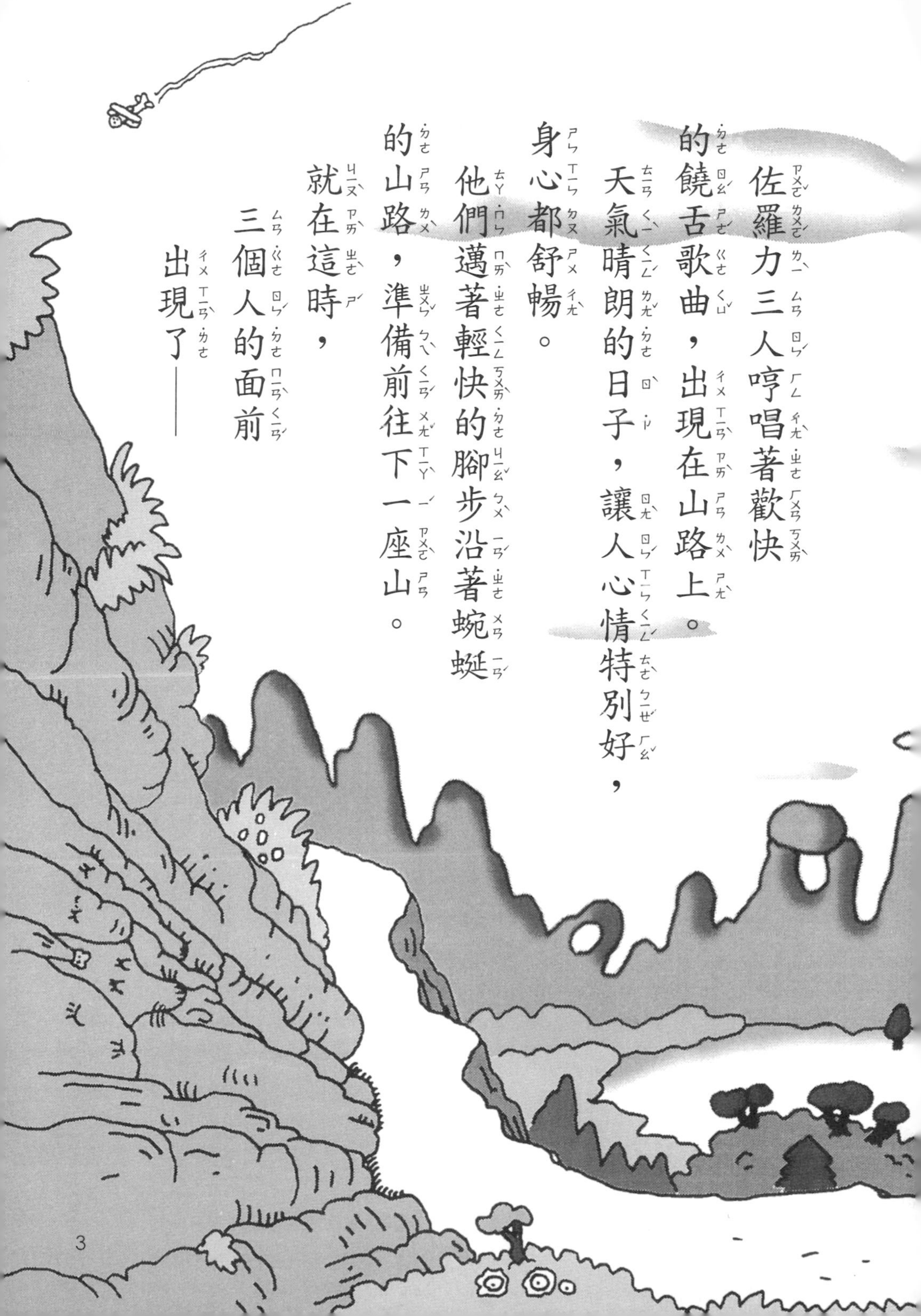

一座看起來很老舊的城堡。
這座石頭建造的城堡雖然不氣派，
但似乎歷史很悠久。

「佐羅力大師，我們把那座城堡
占為己有吧！
只要改建一下，
就可以變成漂亮的佐羅力城了。」

「嗯，我不能再挑三揀四了，
如果不趕快建造自己的城堡，

在天堂的媽媽也會為我擔心的。

好，我決定了，

那座城堡是我的了!!

「真不愧是佐羅力大師，

做事果斷又堅決。」

「佐羅力王子從此誕生了，

萬歲！」

伊豬豬大叫著，

這時……

國王從草叢後方衝了出來，緊緊的抓住佐羅力的雙手。

原來是佐羅力王子，你一定就是那位傳說中，能夠拯救公主的王子，真是太好了，我的公主有救了。

「怎麼了？怎麼了？
這到底是怎麼一回事？」
佐羅力問。
國王回答：
「森林裡來了一群大壞蛋，搶走我們的城堡。
所以，我們只好流落到
這座森林裡餐風露宿。
不，更重要的是，我們的女兒被壞蛋施了魔法，
在城堡最頂樓的房間裡沉睡不醒。」

「請你救救我的女兒，
用你的吻解除魔法。」
皇后流著眼淚，請求佐羅力。
「如果把公主救出來的話，
就可以得到那座城堡嗎？」
魯豬豬厚顏無恥的問。
「當然沒問題，只要我們的女兒能回來，
那座老舊的城堡當然可以送給王子。
如果王子想要迎娶我的女兒，

或是繼承我的王位，
我也完全沒有意見。」
這對佐羅力來說，
根本是求之不得的理想條件。
「好，沒問題，
一切就交給本大爺吧！」
佐羅力拍著胸脯保證，
他立刻準備出發前往城堡。
這時國王叫住了他。

「我們雖然幫不上什麼忙，
這是我們國家代代相傳的魔法藥，
或許，可以在重要關頭助你一臂之力。
請你帶在身上。」

嗚嗚嗚，請你一定要救救我女兒，拜託你了。
變大藥
變小藥

國王遞給佐羅力兩個瓶子，
一個瓶子上寫著
「身體變大藥」，
另一個瓶子上寫著
「身體變小藥」。

因為佐羅力三人還急著趕路，所以，想要知道這兩瓶藥能有什麼功效的人，請仔細看看下方的說明。

喔，真的嗎？
身體變小藥的功效
只要吃兩顆身體就會變得愈來愈小。
注意
多服無益
服藥過量有害身體健康
無論服用哪一種藥，一個小時之後，身體就會恢復成原來的樣子。
身體變大藥的功效
只要吃兩顆，身體就會愈來愈大。
BIG
身體變大藥
SMALL
身體變小藥

佐羅力下定決心要戰勝那些壞蛋，於是，他變身成為怪傑佐羅力。

城堡的老舊大門散發出詭異的氣氛，好像有什麼可怕的事即將發生。

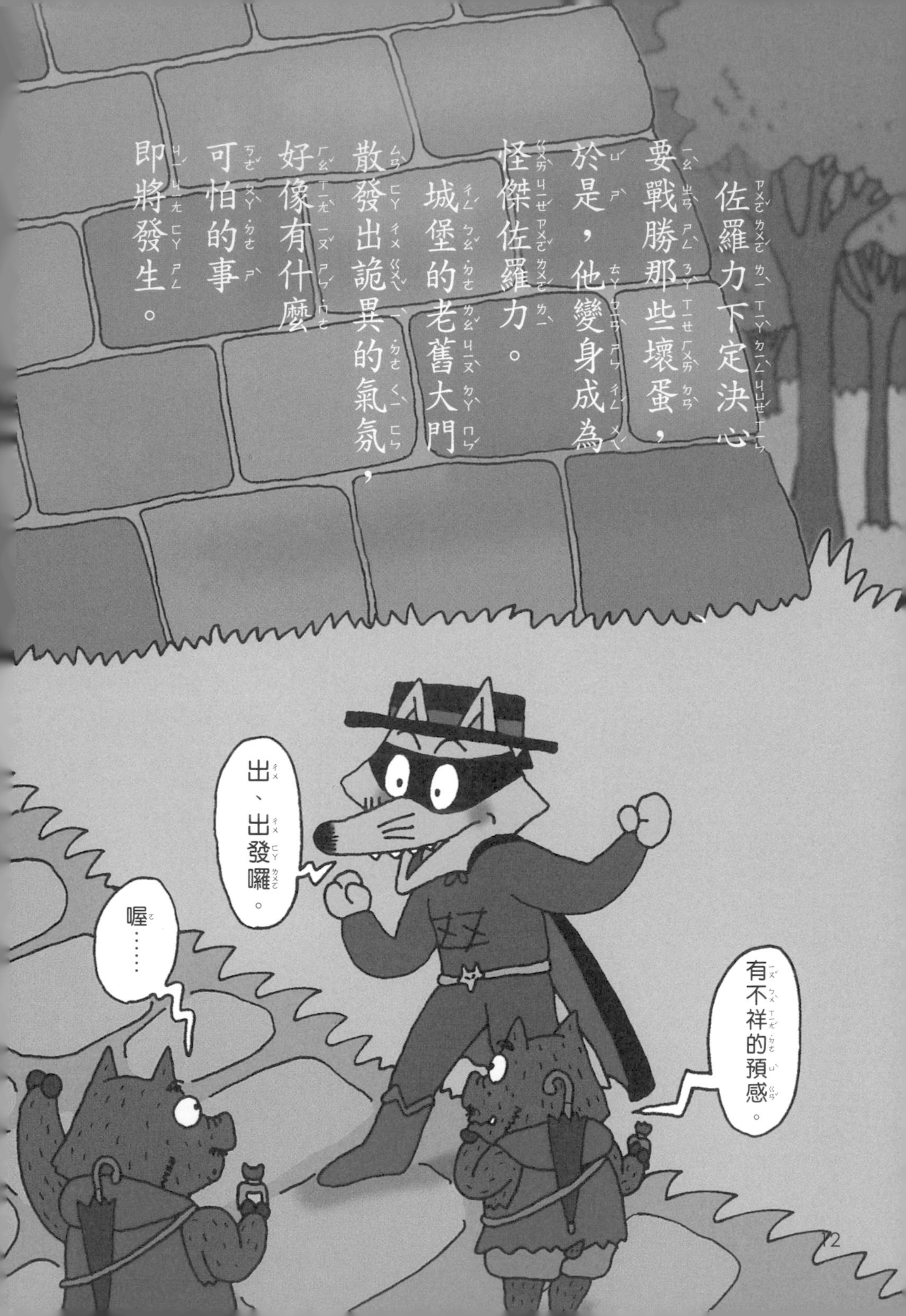

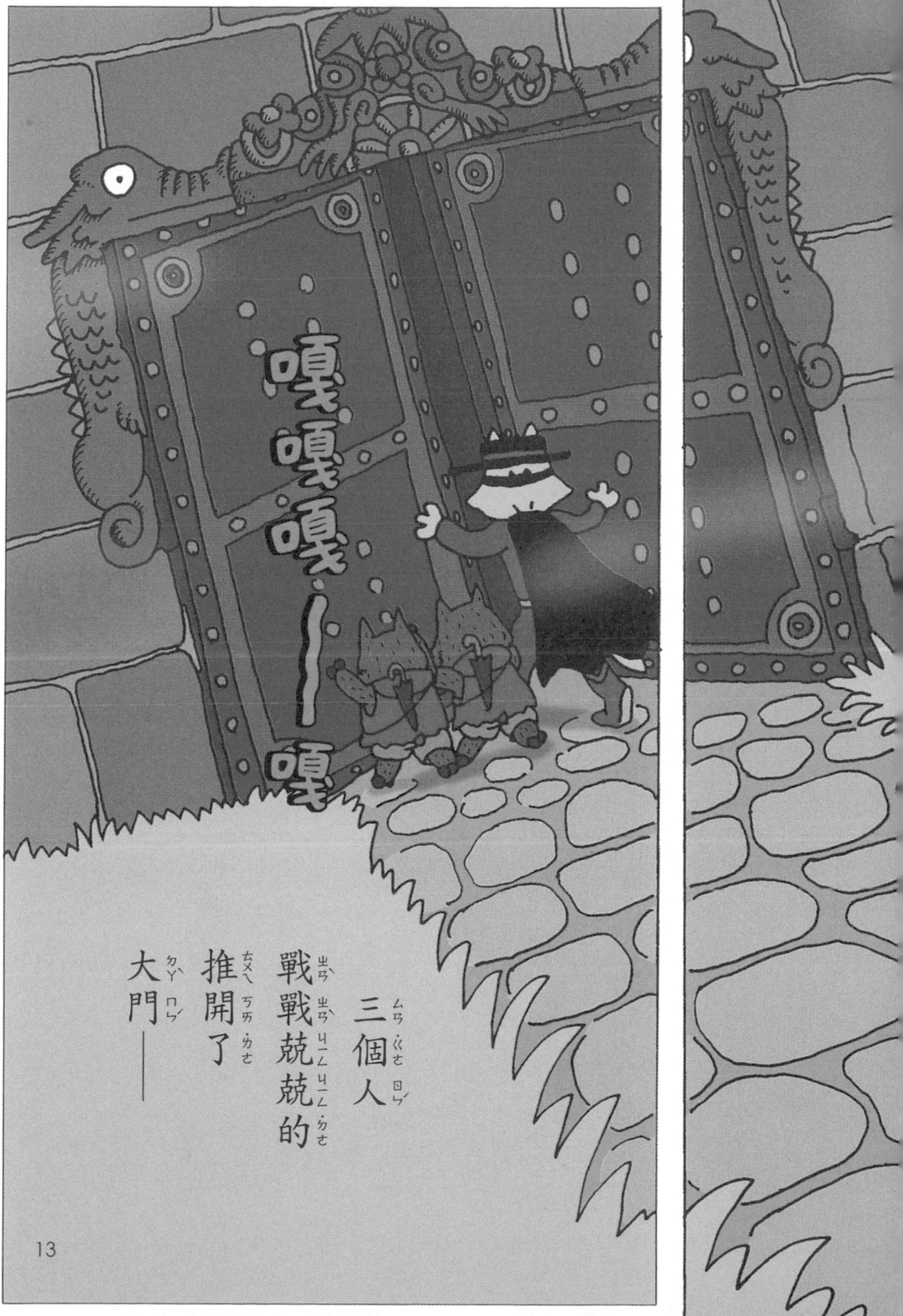


三個人
戰戰兢兢的
推開了
大門——

房子裡漆黑一片，
只有最裡面的房間
亮著燈。
一個肥頭大耳的
胖魔女
坐在廚房裡，
一邊看著減肥書，
一邊大口大口的
吃著東西。

我要減肥
目標
超級名模
辛蒂·克勞豹
沙沙沙沙沙沙
0
卡路里
熱量減半
1/2熱量
熱量減半
搖搖
搖搖晃晃
無糖果
無糖
冰淇淋

哼，全都是騙人的。
看到盒子上寫著熱量減半，
就放心的開懷大吃了。
結果我魔女露加的體重卻愈來愈重，
愈來愈胖。
這些都是黑心食品，
我要去告他們。
啊嗯啊嗯啊嗯……

伊豬豬看到魔女
吃得津津有味，
肚子終於……

咕咕咕咕咕～～～
的叫了起來。
「誰！」
雖然魔女很胖，
但魔女畢竟是魔女。
只見她身手矯健、
動作俐落的
一下子把佐羅力三人
逼到了牆角。

「你們簡直
膽大包天，
竟然一聲招呼都不打，
就大剌剌的闖進
別人的城堡。
你們該不會天真的以為，
可以這樣活著走出去吧？」

佐羅力看到魔女惡狠狠的瞪著他，
忍不住嚇出一身冷汗，但還是對她說：

不是啦！我們聽說
住在城堡裡的露加魔女
因為太胖了，白白浪費了
天生的美貌。我想，
這種「減輕體重藥」或許能夠
幫妳減肥，所以就急著
送來給妳。
嘻呵呵。

佐羅力拿出兩顆
國王給他的「身體變小藥」，
交給了魔女。
魔女聽說有藥可以減肥，

原本的怒氣立刻煙消雲散，

「真的嗎？我的體重

真的可以變輕嗎？

你們應該知道，

假如你們說謊，

我絕對饒不了你們。」

魔女露加伸出尖尖的指甲，

接過了藥，站在體重計上，

咕嚕一聲，把藥吞了下去。

結果怎麼樣了呢？
站在體重計上的魔女，
變得愈來愈小，愈來愈小。
「喔，這種藥的功效
真不是蓋的。」
佐羅力看著魔女的變化，
內心佩服不已。

然而，開心的時刻
總是非常短暫。
魔女變得愈來愈小，
愈來愈小，
最後，
整個人縮得小小的，
幾乎像老鼠一樣大。
而且，她還發現了
一個很嚴重的問題。

「這、這是怎麼一回事？
雖然體重減輕了，
但我卻還是這麼胖。」
魔女從體重計上跳了下來，
衝到佐羅力的面前，
伸出尖尖的指甲用力抓他。
但是，她的指尖只在鞋子上留下了刮痕，
佐羅力根本不痛也不癢。
這時，垃圾堆裡鑽出一隻蟑螂，

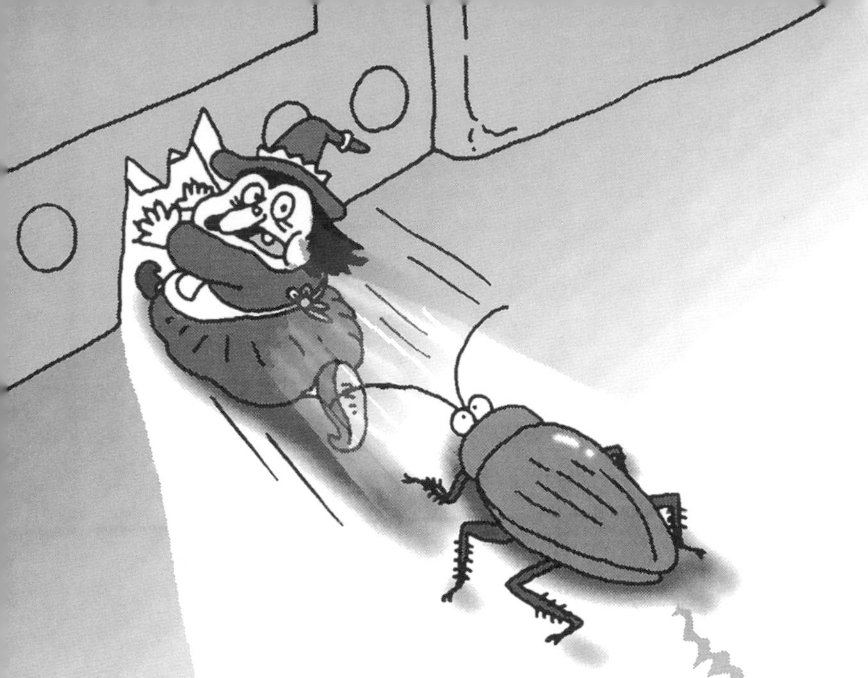

開始追著魔女跑。

「啊，不要過來，不要來這裡啊！」
魔女和蟑螂一起，鑽過門縫，
跑到外面去了。

「嘻呵呵，只要她繼續這樣
跑來跑去，我想，
她應該會瘦一點。」
佐羅力大笑起來。

肚子餓極了的伊豬豬和魯豬豬，開始在廚房裡四處尋找食物。

而他們能找到的，只有魔女吃完剩下的空盒子。

不過，伊豬豬還是在空盒子堆裡找到了法國麵包，而魯豬豬從冰箱裡找到了年糕。

兩個人開心極了，大口咬下去。

年糕和法國麵包大概放太久了，全都變得很硬，根本咬不動。

「喂，你們兩個快過來。我要去樓上了。」

佐羅力一聲令下，他們連忙跟上，但這兩個貪吃鬼捨不得把麵包和年糕丟掉，走上二樓時，仍然不停的舔啊舔。

來到二樓，

一打開門——

一個大胖子相撲力士，

正在看相撲的錄影帶，

專心研究相撲的技巧。

「喔，雖然我不知道你們是誰，

但是俗話說得好，
來得早不如來得巧，
你們就陪我關之山
一起練習相撲吧！」
相撲力士突然
抓住了佐羅力的手臂，
把他拉到房間
正中央的
土俵上。

為了成為大家喜歡的相撲力士，我學會了書上和錄影帶上所有的招術，但是一直沒有人陪我練習，我從來沒有實際試過。從今天開始，我要和你們一起從早練到晚，一分鐘也不休息，我一定要成為最厲害的相撲力士。
關之山力士雙眼發亮，開心得不得了。
不，不，相撲的話，本大爺有點……

喂，那個大鬍子豬，今天就由你來當主裁判。
哈哈哈，他叫伊豬豬大鬍子豬耶！
相撲力士把裁判用的扇子交給了伊豬豬，準備開始和佐羅力比賽。
各就各位，預備、開始！
佐羅力立刻挨了力士的「掌摑」絕技……
啪—啪

接著，又挨了第二記，
佐羅力覺得有點
頭昏眼花——
啪——
啪

一下子就被力士
逼到了土俵的
邊緣。
滑滑滑滑
咚咚咚咚

如果就這樣
被大塊頭的關之山推倒，
恐怕不死也會
斷掉一、兩根
肋骨。

①照這樣下去，佐羅力還來不及營救公主，就會先被送去醫院。就在這時，

②伊豬豬發現關之山的腳後跟有一個奇怪的扣鈕。

③伊豬豬忍不住伸出手想要拔掉那個扣鈕。

原本是大塊頭的關之山
突然就像漏氣的氣球，
在房間裡飛來飛去，
愈來愈瘦，
縮得愈來愈小。

「搞什麼，原來你的身體
是用氣球做的。」
瘦巴巴的關之山
哭喪著臉，
從縮得又扁又皺
的氣球身體裡
爬了出來。

「對不起，
雖然我立志當一個
身強體壯的相撲力士，
但樓下的貪吃鬼魔女，
霸占了所有的食物，
讓我什麼東西都沒得吃，
根本胖不起來，
才會想到用這種方法
冒充胖子逞強。

請你們原諒我。」

佐羅力建議他：

「如果你想當相撲力士，
那就去相撲教室拜師學藝，
多吃一點相撲火鍋，
就可以變胖啦！」

他們三人很快的
離開了
這個房間。

他們沿著樓梯上樓時，
伊豬豬這麼說：

「佐羅力大師，這些壞蛋都是一些不中用的廢物嘛！」

「不、不，現在還不能大意。
通常電玩遊戲中一開始出現的，
也都是一些不中用的角色，
但只要稍不留神，就會被打得很慘。

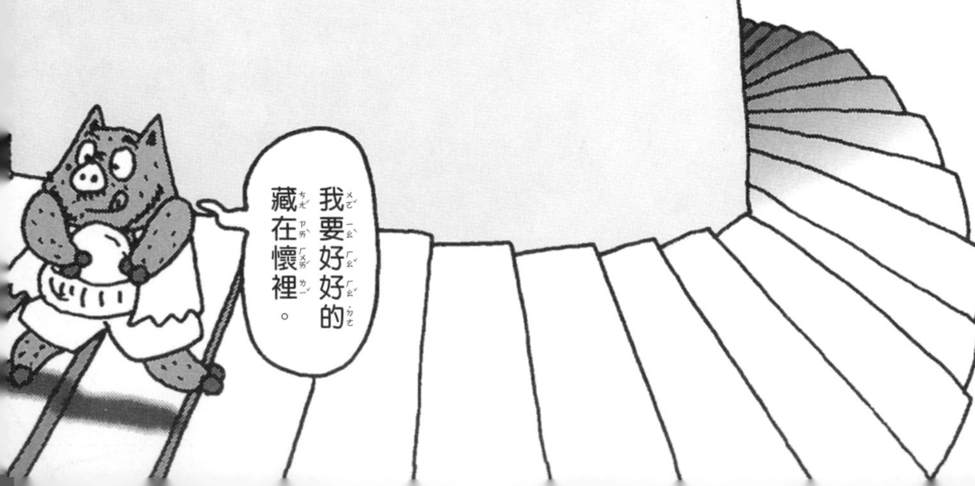

所以，千萬不能大意。」

佐羅力一邊提醒伊豬豬和魯豬豬，
一邊小心翼翼的打開了下一個房間的門。

這時……

佐羅力說得沒錯，
一個身穿空手道服，
看起來就是狠角色的老人，
正在那裡等著他們。
「我們有事要上樓，
可不可以借過一下？」
佐羅力有點膽怯的問。
「想要上樓，先打敗我再說。
我是空手道高手，大家都叫我

『鬥士爺爺』。沒錯，你們別妄想可以輕易打倒我。」

「喔，他說他是空手道高手，真的假的？」

伊豬豬和魯豬豬互看了一眼，

「你、你們說什麼？懷疑我嗎？好，現在就讓你們見識一下我的厲害，你們可別嚇得屁滾尿流。」

說完——

①劈斷二十塊木板……
啪嚓
啪嚓
啪嚓
啪嚓
啪嚓
啪嚓
啪嚓
啪嚓
②劈開五十片瓦片……
叭哩叭哩叭哩叭哩
叭哩叭哩叭哩叭哩
③鬥士爺爺把之前學過的招術統統表演了一遍。
他太厲害了……
醉拳
喝酒後醉醺醺站也站不穩，趁對方不備，出拳攻擊。
酒
蛇拳
根據蛇的動作研發的拳法。
秋田拳
模仿秋田犬的動作研究出來的拳法。
身體錘
把整個身體當成大鐵錘，打向對方。

## 犀牛踢

把腳趾彎成犀牛角的形狀，踢向敵人。

## 殺蟲踢

一眨眼的工夫，就把飛來的蟲子踢死的殺蟲踢。

## 彈珠踢

把彈珠夾在腳趾中間踢敵人。

## 快打旋風

不顧一切拼命打的招術。

## 又捶又打拳

用拳頭和手掌輪流打敵人的招術。

## 燙髮拳

用拳頭朝著對方的頭一陣猛打，敵人就被打成鬈鬈頭。

## 玉米濃湯翻摔

把敵人的頭在地上攪動。

## 拉肚子跳踢

只要被踢到肚子，就會拉肚子的可怕招術。

## 影子拳

雙手和雙腳並在一起，變成一個大拳頭，狠揍對方的招術。

## 鎖拳上揮鐵錘打地鼠龍捲風金臂鉤炸彈摔

最厲害的招術。迅雷不及掩耳，完全看不懂是怎麼一回事。

## 巧克力砍劈

抓一把巧克力，做空手道的砍劈動作。對方就會滿身的巧克力。

## 摺扇

把雙手當成摺扇，砍劈對方。

「呼、呼，怎麼樣？
你們現在終於知道，
我是空手道高手這件事……
呼、呼，不是唬人的吧……呼、呼。」

老人剛才賣力的連續表演了各種激烈的招術，已經累得上氣不接下氣。

佐羅力看到機不可失，立刻把伊豬豬手上那條硬邦邦

的法國麵包搶了過來，用盡全身的力氣，敲向『鬥士爺爺』的腦袋。

咚！

佐羅力不費吹灰之力，就把老爺爺打趴在地上。

佐羅力三人趕緊跑向上面的樓層。

他們一打開
四樓的門，
**噗咻——**
一個火球
飛了出來，
不偏不倚，
剛好打中了
魯豬豬的
肚子。

魯豬豬被打飛到半空中，重重的撞向走廊牆壁。

「哇哈哈哈哈，真可憐，又有人中了我阿忠的『火球』，多了一個火下亡魂。」

房間內傳來高分貝的笑聲。

可是……

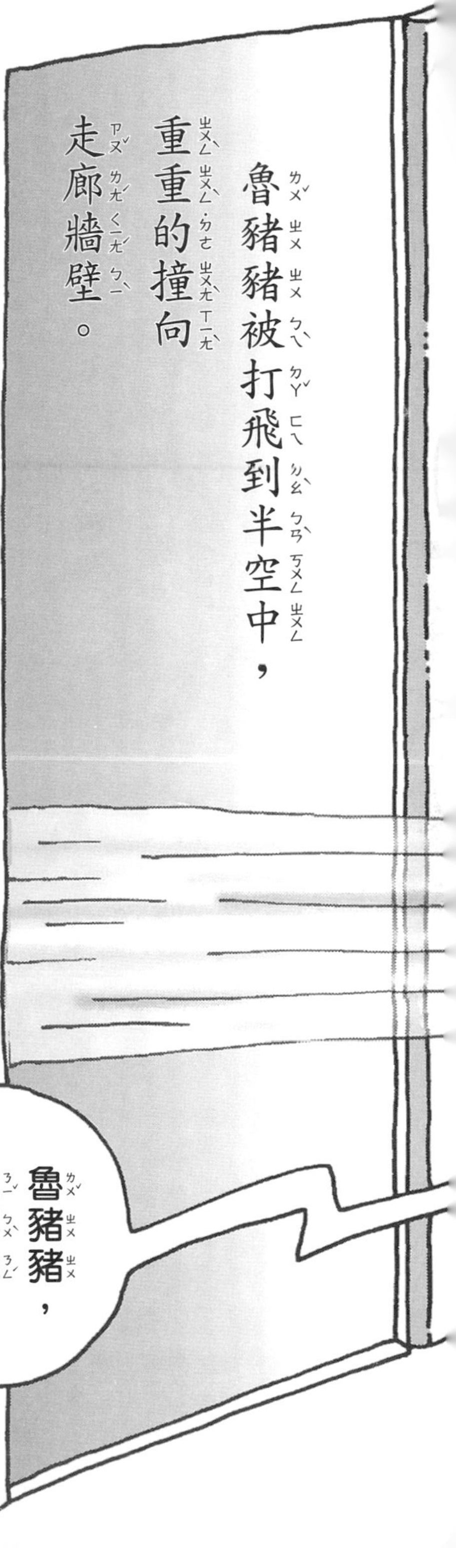

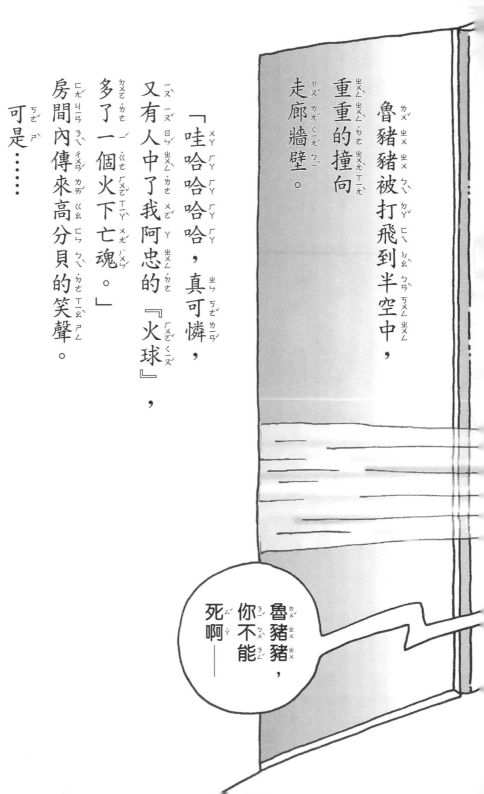

「燙死了，燙死了。」

一個烤得軟綿綿的年糕，發出香噴噴的味道，從魯豬豬的懷裡滾了出來。火球剛好打中他藏在腰帶裡那個硬邦邦的年糕，魯豬豬撿回了一條命。

「喔，沒想到你有狗屎運，如果中了火球，絕對小命不保。

但是，這一次你可就躲不過了。」

一個身穿中式服裝，自稱是「阿忠」的男人走了出來，雙手合在胸前。這時，他的手心中，出現了一個小小的火球，漸漸的火球似乎在他的手中愈變愈大了。

這是一種靠著運氣的方式聚集能量，用來攻擊敵人的招術。

「咚啊！」

阿忠做了一個又一個火球，

用力朝著佐羅力三人
丟了過去。

三個人
左躲右閃，好不容易
躲過了攻擊，
卻一步一步被逼到了
房間的角落。

三個人已經無處可逃，只能爬到五斗櫃上，抱在一起發抖。

「呼哈哈哈哈，這樣更方便，一個一個打太麻煩了。那我就來做一個大火球，一次搞定你們三個人。」

阿忠使出全身力量，開始運氣。

不一會兒的工夫，
他就做出一個
比剛才的火球
足足大十倍的
大火球。

「呼哈哈哈，
你們接招～～吧！」

呼嗡嗡嗡——！

火球發出巨大的聲響，

朝佐羅力三人

飛了過去。

他們三個人馬上就會

像剛才的年糕一樣，

被燒得軟趴趴、

焦糊糊的嗎？

啊啊，
這趟三個人
相知相惜、
相互幫助的
漫長旅程，
終於要在這裡
畫上句點了嗎？

當然不會，各位請看，
因為實在太害怕了，
三個人忍不住撒出尿來。
他們的尿一下子把火球咻的熄滅，
連火影子都看不見了。
「咦？太奇怪了，
我的氣怎麼會因為尿尿破了功，
怎、怎麼會有這種事？」
阿忠抱著頭想不通。

給各位家長
☆這是三人獲救的重要場景，雖然用這種方式有點低級，就請各位高抬貴手，睜一隻眼閉一隻眼吧。
原裕
噓噓噓噓噓噓～
噓噓噓噓～
噓噓噓噓～

阿忠不肯罷休，再次合起手掌，
想要繼續做火球。

但是，可能因為力氣已經用盡，
無論他再怎麼運氣，
手上的火球還是很小。

佐羅力發現後，
立刻從五斗櫃上
跳了下來，
拿出剛才被火球
烤焦的年糕
舉起腿用力一踢，
把年糕踢向阿忠。

**噗啪！**

年糕朝阿忠飛去，
撲向他的手掌。
因為年糕烤得焦糊糊、軟趴趴的，
就像剛搗好的年糕一樣，
既柔軟又富有黏性，正中阿忠的掌心，
怎麼拉也拉不下來。
「好燙啊，好燙啊，
這樣我就不能用手掌做火球了。

快幫我拿掉啊！」
阿忠跳著腳，
一個人又哭又喊。
佐羅力覺得機不可失，

趁他分心的時候，
趕快衝了出去，
跑向下一個樓層的房間。

他們衝上樓，
一打開門，
還來不及喘一口氣。

黑暗中，
有一個巨大的影子，
發出震耳欲聾的聲音，對他們說：

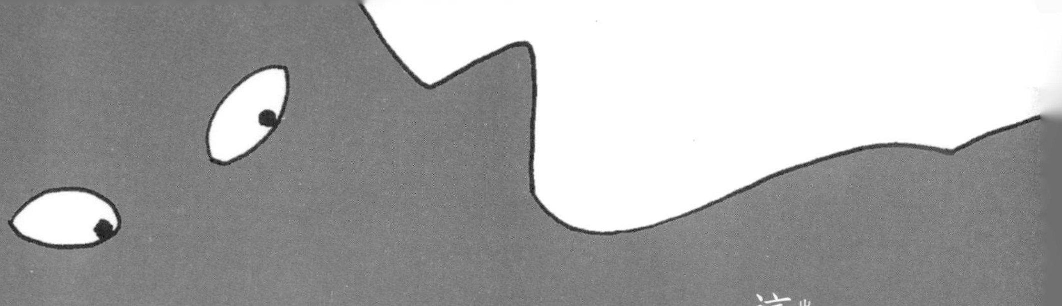

「歡迎來到城堡的頂樓，老子就是
這座城堡的魔王——殺不死。你們在樓下幹的好事，
我早就透過監視錄影機，
看得一清二楚了。算你們有本事，
居然能到頂樓來，很好，給你們拍拍手。
不過，這裡將成為你們人生的終點站，
你們不覺得很可悲嗎？」
那個黑影伸出大手，
一把拎起佐羅力的脖子——

這個變得像豆子一樣小的就是佐羅力
啊呀～
咻～咻

然後，他的手臂一伸，
把佐羅力丟出了窗外。
咻～
佐羅力一下子就消失在
藍藍的天空裡，
不見人影了。
「佐羅力大師，
你要去哪裡？」
伊豬豬和魯豬豬

衝到窗戶旁時，

佐羅力早就消失得無影無蹤了。

「哼，我們一定要為

佐羅力大師報仇！」

當殺不死的龐大身體出現時，

伊豬豬和魯豬豬不顧一切的

朝他撲了過去，

但是他們兩個根本不是他的對手。

很快就像佐羅力一樣，

被殺不死一把抓起來。

「你把佐羅力大師丟到哪裡去了？」

伊豬豬大叫著問。

「哇哈哈哈哈，我猜想，現在他的斗篷應該卡在高山上，已經凍得只剩下半條命了。好，為了讓你們這輩子再也見不到對方，我會把你們分別丟到不同的地方去。」

「等——等一下，
我們是相親相愛的三人幫，
如果你非把我們丟出去不可，
就丟到佐羅力大師那裡吧！」

「嘿嘿嘿，這個世界可沒有你想的這麼美好。」

殺不死的話才說完。

「說得太好了！」

這是怎麼一回事？佐羅力竟然從窗戶飛了進來，使出渾身的力氣猛烈踢向殺不死的脖子。

**咚啊！**

「嗚啊啊！你、你太狠了，我那裡剛好長了一顆青春痘!!」

殺不死把伊豬豬和魯豬豬

丟到一旁，
痛苦的

摸著脖子，
痛得直跳腳。
「佐羅力大師，你是
怎麼回來這裡的？」
伊豬豬問。
佐羅力一臉得意的
把過程描述一遍。

# 佐羅力就是這樣回來的!!

剛才被巨大的力量丟向險峻的高山時，
原本以為只有死路一條了，
這時，
本大爺靈機一動。
把身體彎成了「く」字形，讓自己變成迴力鏢的模樣——
彎曲
就一定可以飛回來。
怎麼樣！我太聰明了吧！下次你們被丟出去的時候，也可以學一學這一招。

就在他們三個人為重逢感到滿心喜悅時，殺不死趁機走進了公主沉睡的房間，而且，還鎖上門鎖，躲在裡面不出來了。

「完了!!」

伊豬豬和魯豬豬連忙轉動門把、
用身體撞門，想要把門撞開，
但那扇門一動也不動。

這一點都不意外，
因為頂樓的這扇門，
是整個城堡內最牢固的鐵門。

「佐羅力大師，這下該怎麼辦？」

佐羅力鎮定自若的說：
「只要有鑰匙孔，本大爺就可以進去。」

說完，他吞了兩顆「身體變小藥」。

「好方法，佐羅力大師真是聰明絕頂啊！只要身體變小，哪裡都可以去。」

吃了藥之後，變成像豆子一樣小的佐羅力，輕而易舉的從鑰匙孔鑽進了隔壁的房間。

看我佐羅力駕到。殺不死，你等著受死吧!!

佐羅力輕巧的從鑰匙孔跳到地上，擺出了他的拿手姿勢。殺不死正擦著青春痘藥膏，聽到他的聲音，嚇了一大跳。

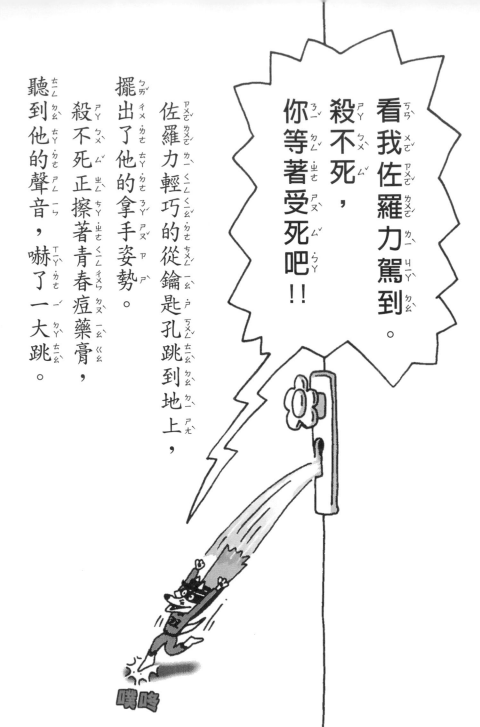

但是，
他一看到
佐羅力的樣子，
忍不住
咧著嘴笑了起來，
拿起放在一旁的
蒼蠅拍，
緊緊握在手上。

沒錯，佐羅力完全忘記他吃了身體變小藥，得要等到一個小時之後，身體才能恢復原狀。

啪！啪！

「啊呀，我會被蒼蠅拍打扁，趕快來救我啊！」

隔壁房間傳來了佐羅力的慘叫聲。

但是，那扇門緊緊鎖住了，伊豬豬和魯豬豬根本沒辦法救他。如果不趕快去營救，佐羅力很快就會被打得稀巴爛。

這時，伊豬豬想到一個好主意。

「對了，我們可以吃這種『身體變大藥』，變得比殺不死更大，就可以把他捏死了！」

「伊豬豬，這真是好主意，趕快把藥拿給我。」

「不要，這是我想到的好主意，
所以我要去救佐羅力大師。」
「我要去救。」
佐羅力在隔壁房間內
四處逃竄時，
聽到了他們的爭執，
忍不住大聲咆哮起來。

1
好，那我去。
伊豬豬先吃了三顆身體變大藥。
啊？
2
那我要變得更大，然後去救佐羅力大師。
於是，魯豬豬吃了四顆。
3
結果，伊豬豬看到了，他又吃了兩顆……
4
魯豬豬也不服輸，他也又吃了三顆。
然後——

伊豬豬和魯豬豬的身體愈來愈大，愈來愈大，最後輕輕鬆鬆的打敗了殺不死。

不用說，他們當然也順利的營救出在床上沉睡的公主，和變得很小很小的佐羅力。

但是，很遺憾的，正如你們所看到的，石頭城堡也被他們撐破了。
咚
提醒大家一下，
佐羅力在這裡。

一個小時之後，佐羅力三人恢復成原來的樣子。

他們茫然的看著變成廢墟的城堡，

但是，無論再怎麼嘆氣，

壞掉的東西都不可能

變回原來的樣子了。

而且，他們三個人

也還沒有完成答應的約定，

把公主平安送回

國王和皇后身邊。

於是，佐羅力三人只能無奈的扛著公主的睡床，個個無精打采、垂頭喪氣的離開了城堡。

他們順利的送回公主，國王簡直欣喜若狂。

「你果然就是傳說中的王子，我要把城堡送給你。」

「哼，那個城堡已經壞掉了。」

「可是，這是我之前和你約定好的。」

「那裡已經變成廢墟了，你要我怎麼辦？」

「其實，那座城堡……」

「算了，別再說了，我說不要就不要了。」

佐羅力生氣的想要離開，

皇后跑過來對他說：

「請等一下，請你親吻我女兒，

解除魔法的效力。」

「喔，對呵，對呵，我都忘記你們

指名要我親吻美麗的公主這件事了。」

佐羅力突然眉開眼笑，

用力拉開了公主床上的簾幕。

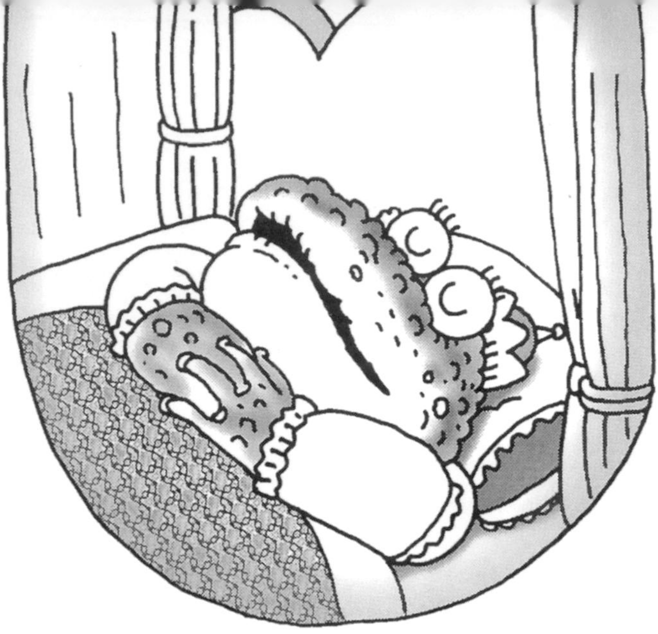

結果，床上只有一隻睡得很香甜、
看起來很噁心的土蛙。
「我可憐的女兒，竟然被魔女
變成了這麼可怕的樣子。
佐羅力王子，
請趕快用你的吻，
讓我可愛的女兒
恢復成原來的模樣吧！」
皇后淚流滿面的請求佐羅力。

佐羅力向來對母親的眼淚毫無招架之力。

「她真的會變回公主嗎？你可別唬弄我呵！」

佐羅力閉上眼睛，心不甘、情不願的把嘴脣湊近土蛙坑坑疤疤、濕濕黏黏的皮膚，他終於親吻了土蛙。

結果，發生了什麼事呢？原本醜不拉幾的土蛙……
在轉眼之間，就會變成一位美麗動人
的公主……
根本沒有變成公主嘛！

等了很久，土蛙還是土蛙，

佐羅力終於等得不耐煩了。

「搞什麼嘛！這根本跟你們之前說的不一樣，我才不想娶土蛙為妻，變成土蛙的先生。本大爺已經完成了和你們的約定，哼，我要走了，親土蛙讓我噁心得想吐哇！」

「喔，土蛙和吐哇有諧音呵！」

伊豬豬對佐羅力玩的文字遊戲感到佩服不已，佐羅力已經像一陣風，一溜煙就不見了。

佐羅力三人離開之後，
國王發現床頭
不知道寫著什麼。
仔細一看——

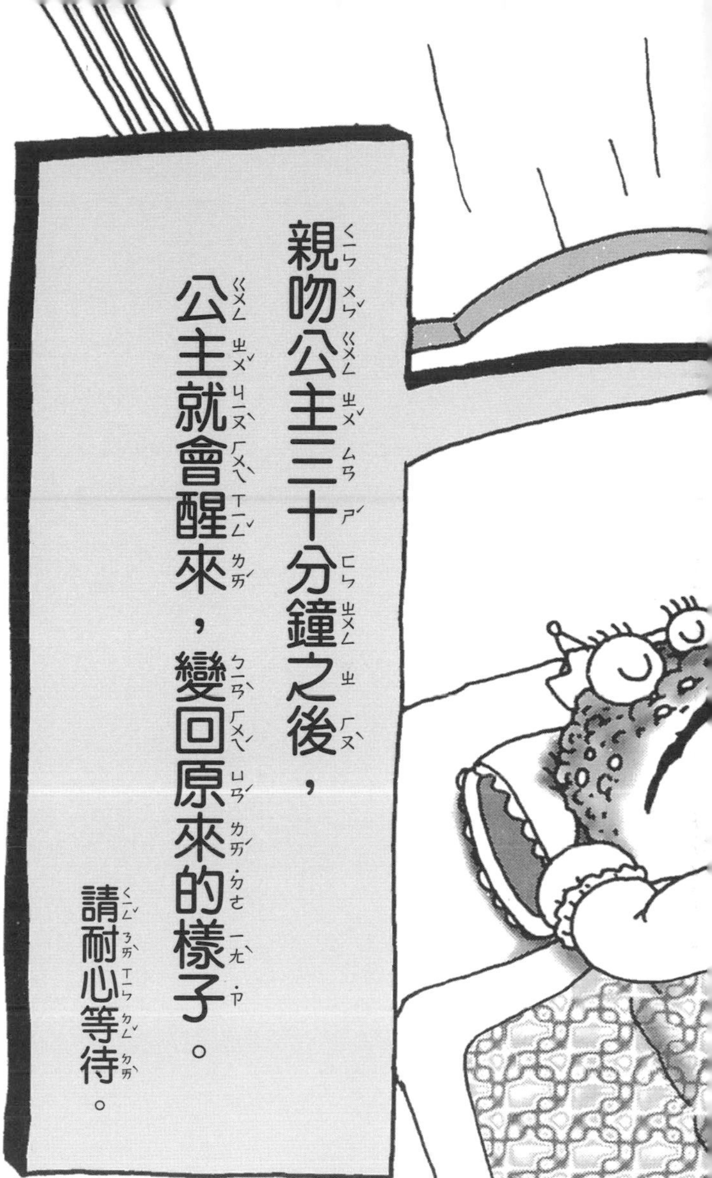
親吻公主三十分鐘之後，
公主就會醒來，變回原來的樣子。
請耐心等待。

國王看完這幾行字時，
一陣煙霧從床上升起——

美麗的公主終於醒來了。

「早安，父王、母后。」

「啊呀，佐羅力王子如果有耐心再多等一會兒就好了。」

「佐羅力王子？」

「那位傳說中的王子把你救出來之後，就像一陣風般離開了。」

「啊，我真希望可以看他一眼。」

公主抬起頭，

看到了變成一片廢墟的城堡。

「不用擔心，我們之前就為那座城堡買了保險，所以隨時可以再重建。我剛才打算把這件事告訴佐羅力王子，但他斬釘截鐵的拒絕了，他真的是一位沒有貪念的王子。」

國王決定，把英雄佐羅力的事蹟寫進皇家歷史裡，讓後代永世流傳。

**拜託各位**

☆ 關於這一頁的內容，千萬不要告訴佐羅力三人，因為他們一定會懊惱得捶胸頓足。

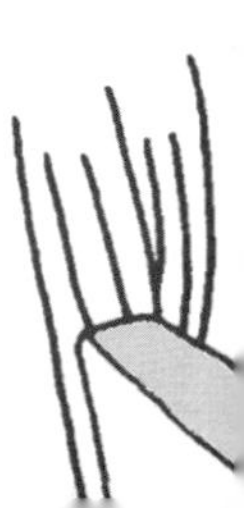

啊，怎麼會這樣？城堡變成了廢墟，我又被迫親了土蛙，這真是我人生中最灰暗的一天。
我們也只不過是想救佐羅力大師而已啊！
放心吧，佐羅力大師的心胸寬闊，不會為這種小事計較的。

不，等一下，比起要我重建那座城堡、當那隻土蛙的老公，然後一輩子只能過那種生活，至少現在還不算太壞啦！
決定了，我要重新出發。我一定會努力振作的——

●作者簡介

## 原裕 Yutaka Hara

一九五三年出生於日本熊本縣，一九七四年獲得ＫＦＳ創作比賽「講談社兒童圖書獎」，主要作品有《小小的森林》、《手套火箭的宇宙探險》、《寶貝木屐》、《小噗出門買東西》、《我也能變得和爸爸一樣嗎？》、【輕飄飄的巧克力島】系列、【膽小的鬼怪】系列、【菠菜人】系列、【怪傑佐羅力】系列、【鬼怪尤太】系列、【魔法的禮物】系列等。

●譯者簡介

## 王蘊潔

專職日文譯者，旅日求學期間曾經寄宿日本家庭，深入體會日本文化內涵，從事翻譯工作至今二十餘年。熱愛閱讀，熱愛故事，除了或嚴肅或浪漫、或驚悚或溫馨的小說翻譯，也從翻譯童書的過程中，充分體會童心與幽默樂趣。曾經譯有《白色巨塔》、《博士熱愛的算式》、《哪啊哪啊神去村》等暢銷小說，也譯有【魔女宅急便】系列、【小小火車向前跑】系列、《大家一起來畫畫》、《大家一起做料理》【大家一起玩】系列、【動物寶寶上幼兒園】系列等童書譯作。

臉書交流專頁：綿羊的譯心譯意。

國家圖書館出版品預行編目資料

怪傑佐羅力之大戰佐羅力城
原裕 文、圖；王蘊潔 譯 --
第一版. -- 台北市：天下雜誌, 2012.05
92 面 ;14.9x21公分. --（怪傑佐羅力系列；18）
譯自：かいけつゾロリ大けっとう！ゾロリじょう
ISBN 978-986-241-518-4（精裝）
861.59 101007456

怪傑佐羅力系列 18

# 怪傑佐羅力之大戰佐羅力城


作者｜原裕
譯者｜王蘊潔
責任編輯｜黃雅妮
特約編輯｜游嘉惠
美術設計｜蕭雅慧

天下雜誌群創辦人｜殷允芃
董事長兼執行長｜何琦瑜
媒體暨產品事業群
總經理｜游玉雪
副總經理｜林彥傑
總編輯｜林欣靜
資深主編｜蔡忠埼
版權主任｜何晨瑋、黃微真

出版者｜親子天下股份有限公司
地址｜台北市 104 建國北路一段 96 號 4 樓
電話｜(02) 2509-2800　傳真｜(02) 2509-2462
網址｜www.parenting.com.tw
讀者服務專線｜(02) 2662-0332
週一～週五：09:00~17:30
讀者服務傳真｜(02) 2662-6048
客服信箱｜parenting@cw.com.tw

法律顧問｜台英國際商務法律事務所・羅明通律師
製版印刷｜中原造像股份有限公司
總經銷｜大和圖書有限公司
電話｜(02) 8990-2588
出版日期｜2012 年 5 月第一版第一次印行
2023 年 7 月第一版第十六次印行
定價｜250 元
書號｜BCKCH055P
ISBN｜978-986-241-518-4（精裝）

訂購服務
親子天下 Shopping｜shopping.parenting.com.tw
海外・大量訂購｜parenting@cw.com.tw
書香花園｜台北市建國北路二段 6 巷 11 號
電話｜(02) 2506-1635
劃撥帳號｜50331356 親子天下股份有限公司

親子天下 有聲故事書

# 對付壞蛋的方法

魔女

## 露加

☆因為吃了太多減肥食品，現在變成了大胖子，以前曾經是身材苗條的大美人魔女。（這是她自己說的。）

**弱點**（可以攻擊的地方）

對「減肥」、「變瘦」之類的字沒有抵抗力，很容易受騙上當。

相撲力士

## 關之山

☆外表看起來很強壯、很厲害，但其實他只是穿了一件充氣娃娃衣。

就是這個，可以從這裡充氣。

**弱點**

只要把他腳後跟的充氣孔蓋子拔掉，充氣娃娃衣就漏氣了。

☆真正的相撲力士中，可能也有人穿著充氣娃娃衣，下次看到相撲力士時，記得檢查一下他們的腳後跟。

空手道高手

## 鬥士爺爺

☆他是精通各種拳法的高手，但他太太比他更厲害，可惜在兩年前死了。

比鬥士爺爺更加厲害的鬥士奶奶

**弱點**

雖說是高手，但今年已經九十二歲了，每次打完激烈的拳法，就會上氣不接下氣，累得精疲力盡。而且，他還有腰痛、坐骨神經痛、糖尿病的老毛病。